MW01490240

EL BARCO DE VAPOR

# Gertrudis y los días

## Josep M. Fonalleras

Ilustraciones de Gallardo

Traducción de Bárbara Obrador
y Josep M. Fonalleras

Dirección editorial: Elsa Aguiar
Coordinación editorial: Paloma Jover
Cubierta e ilustraciones: Gallardo
Traducción del catalán: Bárbara Obrador y Josep M. Fonalleras

Título original: *Gertrudis i els dies*

© del texto: Josep M. Fonalleras, 2003
© de las ilustraciones: Miguel Ángel Gallardo Paredes, 2003
© Ediciones SM, 2009
    Impresores, 2
    Urbanización Prado del Espino
    28660 Boadilla del Monte (Madrid)
    www.grupo-sm.com

ATENCIÓN AL CLIENTE
Tel.: 902 12 13 23
Fax: 902 24 12 22
e-mail: clientes@grupo-sm.com

ISBN: 978-84-675-3643-0
Depósito legal: M-32333-2009
Impreso en España / *Printed in Spain*
Orymu, SA - Ruiz de Alda, 1 - Pinto (Madrid)

*A Anna, Elisabet, Clara, Joan y Laia*

*A mi madre, que tenía un broche*

# *Febrero*

Hace años que la abuela Teresa tiene estropeada la nevera. Se trata de una nevera antigua, con una especie de patas como las de un elefante. Son tan gruesas, que parecen a punto de echarse a andar. Si no fuera porque no hay elefantes blancos y si no fuera porque las patas de la nevera no tienen colgajos, como los elefantes y los brazos de la abuela, la nevera parecería un elefante de verdad. Quiero decir, que es muy grande y muy profunda y también un poco achaparrada. Lo cierto es que no funciona y que ahora ya no sirve como nevera. La abuela Teresa la usa como si fuera un mueble: la nevera es un armario. La abuela Teresa guarda allí las cosas de la cocina, y el azúcar, y la sal, y una bolsa de patatas fritas. Y también tiene un bolso y dos cajas de cartón y una caja de galletas vacía, y otra caja de galletas llena. Papá le dice que tener la nevera en el recibidor es un engorro, pero la abuela Teresa le contesta que es bonito tenerla ahí y yo creo que sí, que es muy bonito tener un elefante en la entrada de la casa, aunque sea blanco y sin colgajos. En lo alto de la nevera, la abuela tiene un tapete de encaje y un jarrón con flores de plástico, y es como si el elefante llevara un gorrito de esos que las señoras se colocan en la cabeza cuando van de fiesta.

Narciso ha oído que la abuela también guarda chocolatinas en la nevera. A veces ha intentado abrir la puerta él solo, pero todavía no puede. Es una puerta que no se abre tan fácilmente. Parece una de esas puertas de hierro de las películas de policías y ladrones, que no se pueden abrir ni nada por el estilo y hay que hacerlas explotar sin remedio. Para mí, también es difícil, pero tenemos suerte: la abuela todavía puede abrirla. Más de una vez, papá le ha dicho que llegará el día en que la puerta de la nevera ya no podrá

abrirse nunca más y que después tendremos problemas para encontrar a un cerrajero dispuesto a reventarla.

También hay, por ejemplo, latas de aceitunas; hoy mismo ha querido que sacáramos una del vientre del elefante. Mientras Narciso se comía tres olivas de golpe, y se guardaba otras tres en la mano, la abuela me ha dicho que yo un día también seré tan joven como era ella el día que se casó, y me ha enseñado la foto de su boda. Llevaba una diadema que parecía un pastel de nata o una cinta como la que llevan las bailarinas cuando quieren parecerse a un cisne. Y después papá ha agarrado a la abuela por la cintura y ha canturreado una canción que sonaba así: «Cuando vuelva a tu lado y esté solo contigo...», y también ha bailado con ella y le ha dicho «¿Ves cómo te acuerdas?».

A menudo, la abuela quiere decir cosas, pero es como si no pudiera acabar de decirlas. Papá la ayuda. Si la abuela empieza y dice que hoy le ha costado mucho levantarse y después se queda en blanco, como la nevera, mi padre se inventa que debe de ser que no encontró las zapatillas. Es como si la abuela estuviera dentro de un pozo y viese una cuerda y se agarrase a ella. Después ya no para, como uno de esos coches a los que das cuerda, y habla de la cama, de las zapatillas y de una prima suya, vieja como ella, y del día que se casó con el abuelo. De verdad que no para.

Los días laborables se viste ella sola. Se pone un jersey de andar por casa que tiene el cuello de pico y unos pantalones de chándal, porque así está más cómoda. Dice que cada día le cuesta más vestirse sola, y que no es capaz de nada si no se toma antes las pastillas. Se las prepara papá la noche anterior. Las pone en un estuche. Hay una de color rosa y una de color blanco; otra es una cápsula roja, y otra tiene letras dibujadas. Después de tomarse las pastillas, se peina y se acicala y se pone colorete en las mejillas, y se pega con cola unos dientes de mentira en la boca, y el día que está papá, como hoy, le pide que le ponga laca en la cabeza para no despeinarse.

En el comedor, mientras abríamos la lata de aceitunas, la abuela ha mirado la foto de su boda y ha preguntado a mamá: «¿Esta chica que lleva un pastel de nata en la cabeza eres tú?».

# *Marzo*

ME gusta echarme en la cama, al lado de papá, cuando cuenta historias a Narciso antes de dormir. Él me dice que debe de ser porque cuando yo era pequeña también me las contaba. Dice también que muchas veces se dormía antes que yo y que yo le tiraba del brazo y le pedía que contara el final de la historia. Dice también que otras veces tenía tanto sueño que empezaba a contarme el cuento por el final y, a mitad de la historia, cambiaba el color del vestido de los protagonistas y no se acordaba de nada, de si la noche antes los había mandado al bosque o cosas así. Parece ser que yo tenía que ayudarlo porque yo sí que me acordaba de todo. Después venía mamá y lo despertaba, porque ya llevaba demasiado tiempo contándome historias y resulta que los dos nos habíamos quedado dormidos.

Yo, en realidad, no recuerdo casi nada de esto de las historias, pero me gusta ver cómo ahora se las cuenta a Narciso y me gustan los

ojos que pone Narciso, abiertos como se abren los porticones en casa de la abuela, y grandes como aquellas pelotas de payaso que la gente tiene que lanzar hacia arriba para que no toquen el suelo. Pero no sé muy bien

si son historias para que Narciso se duerma. Parece más bien al contrario, porque Narciso se pone nervioso y ya se ve a sí mismo, allí en medio, haciendo de Macduff y cosas así. Y después cualquiera consigue hacerle dormir. Papá le explica la vida de Macbeth, que fue rey de Escocia porque una noche tropezó con unas brujas que le dijeron que lo sería y él se lo creyó. Las brujas tuvieron razón y después fue un rey muy malo, que todo lo hacía mal, pero las brujas también le habían dicho, porque eran brujas y lo podían adivinar, que dejaría de mandar el día que el bosque de Birnam caminara hacia Dunsinane, que era el castillo donde vivía el tal Macbeth.

Papá le pregunta a Narciso si un bosque puede caminar con los árboles a cuestas, y Narciso dice que no, claro. «Pues eso es lo que pensaba Macbeth», dice papá. Y después hace como si sus dedos fueran árboles y acerca poco a poco las manos hacia la cara de Narciso, y le dice que así fue como el bosque caminó: con los caballeros y los soldados que cortaron los árboles y anduvieron hacia el castillo de Macbeth. El rey pensó realmente que era el bosque quien caminaba y no los soldados, y recordó lo que le dijeron las brujas y se asustó mucho y quiso huir, y después vino Macduff, que fue quien tuvo la idea de los árboles que caminan, y lo cogió prisionero.

También le explica historias de la Biblia, como por ejemplo aquella que era sobre un mar que se abrió por la mitad y dejó que pasaran por en medio los israelitas y después se volvió a cerrar y así engulló a los caballos del faraón que los perseguían. Papá hace como si fuera el mar y simula que sus dedos son las olas. Mueve las manos hacia arriba y hacia abajo, hacia derecha y hacia izquierda, las separa y las junta, y también mueve los dedos para que se note que son las olas del mar.

Y un día papá se inventó el cuento de un polizón que viaja en un barco y va a parar a Sicilia y, al final, asciende a un volcán que se llama Etna. El Etna se alborota y vomita fuego por un agujero, y el polizón tiene que

correr para que no le atrape y llega con prisas al barco y resulta que tiene que zarpar él solo porque no hay marineros, ni uno solo, que el Etna se los ha zampado, cielos.

Narciso, cuando ya está cansado, dice: «Cuando yo sea mayor como tú, tú serás pequeño como ahora yo». Entonces papá actúa como si fuese un niño con una rabieta y le dice a Narciso que le ponga un pañal. Agita las piernas y refunfuña y dice que quiere más cuentos, que aún no tiene sueño. Y hace ver que se agarra a Narciso porque no quiere quedarse solo, como el polizón. Narciso me pide ayuda, pero yo no digo nada, y después él dice: «Papá, ya basta, que tú eres un padre».

# Abril

Las he contado. En casa de la abuela hay siete lámparas. La que me gusta más es la que está en el recibidor. Mamá dice que tiene lágrimas de cristal y yo pienso que es como si la lámpara llorase. No sé por qué una lámpara tiene que llorar. Narciso llora, por ejemplo, cuando mamá le pone una «casimeta» que no le gusta. Narciso llama así a las camisetas, y hay algunas que no le gustan. Vete a saber por qué. Entonces coge un enfado tan grande que incluso golpea con las manos en la pared y mamá todavía le riñe más y después, al final, sale a la calle con la camiseta que quería mamá. Pero las lámparas no llevan camisetas y no entiendo, entonces, por qué tendrían que llorar, si resulta que, además, no hay ninguna mamá lámpara que las riña. La lámpara del recibidor parece una de esas lámparas de los palacios de las princesas. Estas lámparas tenían lágrimas porque las princesas siempre lloraban y tal vez hubo alguna a la que las lágrimas se le volvieron de cristal o alguna burrada por el estilo. A la lámpara del recibidor de casa de la abuela le faltan algunas lágrimas. Cuelgan de un alambre muy fino, y seguro que había más, pero debieron de caerse y se rompieron.

Después tiene otra lámpara en la habitación. Las bombillas son como velas, pero también le faltan algunas y, además, una de estas velas de vez en cuando se apaga y no ilumina nada. En la cocina hay una pantalla con una bombilla redonda, como un guisante gigante, y hay otra lámpara en el cuarto donde dormía mi papá cuando era pequeño, con unas nubes dibujadas. La del comedor también me gusta, pero me asusta; parece que se va a caer en cualquier momento, porque también cuelga de un alambre y creo que pesa mucho. Tiene bombillas alrededor, escondidas dentro de unos cristales que tie-

23

nen forma de granada. Y después está la bombilla del medio, que también está encerrada en un cristal como una granada, pero más grande, la madre de todas las granadas. Esta bombilla del centro, la abuela solamente la enciende en los días de fiesta o cuando quiere enseñarle papeles a papá. Delante de la nevera que no funciona, en la entrada, hay otra lámpara: está colgada y es de hierro forjado, como si fuera uno de esos hierros donde los caballeros colgaban sus antorchas, en el castillo. Hay un paragüero que también es de hierro, con un señor que tiene las piernas muy delgadas: es un caballero con un casco en la cabeza que parece un plato sopero.

Una, dos, tres, cuatro, cinco y la de hierro forjado. Me dejo la lámpara de la mesilla que está delante de la nevera de la entrada. Papá dice que antes había un quinqué, que es como una lámpara, pero muy muy delicada y de porcelana. Cuando él era pequeño, lo rompió de un pelotazo. Ahora hay una lámpara de pie que siempre está encendida por-

que da luz a la Virgen de la Esperanza, que es una Virgen sin Niño Jesús, porque el niño todavía está en su barriga. La abuela dice que la Virgen siempre tiene que tener luz; yo creo que así gasta más, pero la abuela dice que no puede ser que no tenga compañía, y con eso no hay discusión posible.

Hoy la abuela ha llamado a papá y le ha dicho que no encontraba el broche que se coloca en el pecho cuando quiere estar guapa y quiere salir a la calle. No es que quisiera salir ni nada por el estilo. Como se aburre, de vez en cuando mira las joyas que tiene, para ver si todavía están todas. Y hoy no encontraba el broche, que es un pájaro de color oscuro que se engancha con una aguja en la blusa o el jersey. Lo tiene guardado en un joyero con forma de corazón. En el joyero hay una pintura japonesa con unos almendros en flor, como los que florecieron hace un par de meses, o quizá son melocotoneros como los que ahora florecen. La cajita es de flores blancas y pequeñas y hay una chica japonesa que las huele. Papá le dice que busque el broche y el joyero en la nevera. La abuela le contesta que ya lo ha intentado, pero que no la puede abrir de ninguna de las maneras. Tal vez tendrán que hacer como en las películas de policías y ladrones, cuando no pueden abrir una puerta y no tienen más remedio que hacerla explotar.

# *Mayo*

Hay un árbol que tiene caracoles y Narciso lo llama el caracolero. Narciso es así. Cree realmente que los caracoles que caminan por las ramas de los árboles han nacido justo allí. ¡Trata de explicarle que eso no puede ser y que, además, no es un árbol sino un arbusto, unos matojos que andan por ahí, cerca del hinojal! Es divertido ponerse una rama de hinojo en la boca. Mamá dice que tiene gusto a anís. Parece una golosina, pero un día mi hermano se tragó una y se le quedó un trozo en la garganta y mamá lo cogió por los pies e hizo que escupiera el hinojo. Yo dije: «Narciso se traga el aniso, el aniso». Yo canturreaba porque me daba risa, pero realmente mamá se asustó. Mi hermano Narciso también sería capaz de tragarse los caracoles del caracolero.

Narciso es así. A veces me pregunta: «¿Cómo se dice esa cosa que no sé cómo se llama?», y yo no le puedo decir cómo se llama porque no sé de qué me está hablando. Después, de pronto, dice: «Sí, guapa, los *púzeles*». Quiere que le acerque los puzles, pero él los llama así, *púzeles*, y piensa que le vas a entender. También dice *chuquetes*, cuando quiere decir juguetes. E *hipatómatro* y *termópetro* cuando quiere decir realmente hipopótamo y termómetro. Has de ser toda una experta para adivinar lo que quiere decir, como cuando dice que va *acedelante* y *acedetrás*.

Narciso empezó a dibujar cuando era muy pequeño. Hubo un verano en el que hizo unos círculos casi perfectos él solo, aunque con mamá a su lado, que le iba diciendo cómo tenía que mover el lápiz. Pero los círculos eran suyos, pequeñitos y mordiéndose la cola, como un pez. Después, aprendió a dibujar caras. La más graciosa es la de papá. Es un dibujo con unos labios pequeños y unos ojos grandes que casi no le caben en la cara. Y, por encima de todo, unas enormes orejas. Las cierra del todo como sus círculos, pero son tan gigantes que no parecen las orejas, sino otras caras. Papá las tiene grandes, pero no tanto. Cuando Narciso nos enseña el dibujo, papá se pone a reír y dice que él no tiene las orejas tan enormes y Narciso dice: «Sí, sí, como un *hipatómatro*». Pero todavía hay cosas más gigantes que las orejas de mi padre: los dedos de las manos. A veces no tiene papel suficiente y tiene que coger otro para que los dedos puedan caber en él. Son unos dedos como las patas de un hipopótamo, ahora sí. El hipopótamo tiene cuatro patas, pero es que Narciso siempre dibuja cuatro dedos, en la mano, como si no hubiera más.

Cuando papá actúa como si fuera un peque y hace como que se enfada, también se dedica a dibujar. Hace garabatos que nadie entiende y Narciso le agarra la mano y le hace que dibuje como Dios manda. Dice que él le enseñará y le muestra los círculos redondos y las caras también como Dios manda, con orejas y manos de cuatro dedos.

Hoy hemos ido a casa de la abuela y papá
ha hecho un gran esfuerzo para abrir la nevera. Al final ha podido abrirla, pero le ha
costado un montón. «No vuelvas nunca más a
dejar nada dentro», le ha dicho papá, «que ya
verás como vendrá el día en que ya no la po-
damos abrir». El broche en forma de pájaro
estaba dentro de la caja japonesa que estaba
dentro de la nevera, y mamá ha ayudado a la
abuela a ponérselo en el pecho. También
guardaba cosas de la cocina, y azúcar y sal

y una bolsa de patatas fritas. Y un bolso y dos cajas de cartón y dos de galletas. Una vacía y otra llena. Papá se ha enfadado, sobre todo cuando ha visto que el estuche de pastillas estaba casi lleno. «¿Y las pastillas?», le ha preguntado papá. Pero la abuela se había olvidado, y mamá le ha hecho ver a papá que no se tenía que enfadar con ella. La abuela se las ha tragado después todas, la de color rosa y la blanca, la cápsula de color rojo y aquella pastilla con letras dibujadas.

Narciso ha empezado a dibujar letras y ya sabe escribir su nombre, pero siempre pone *Narzizo* y a mí me divierte, excepto cuando hemos de buscar las letras perdidas en la sopa, porque después siempre tardamos mucho tiempo en encontrarlas. La abuela ha intentado escribir su nombre, pero no ha podido porque no tiene fuerza en las manos y casi no puede agarrar el lápiz. Narciso la ha ayudado y juntos han hecho unos círculos cerrados del todo, cerrados como la nevera de la abuela.

# *Junio*

Hace días que en casa tenemos el buzón estropeado. No tendría que decirlo así, claro, porque el buzón no es una de esas máquinas que a veces funcionan y a veces no. Y si no funciona, no puede estropearse. Quiero decir que el buzón no es como una nevera, que la pones en marcha y que necesita electricidad, y que funciona y se estropea, o como una lavadora. El buzón es como una caja. Lo único que pasa es que se trata de una caja cerrada. El cartero deja tus cartas ahí para que nadie más pueda verlas. Solo tú tienes la llave. Pues resulta que ya hace tiempo que papá perdió la llave y después no hubo manera de coger las cartas del buzón y papá, que se ponía nervioso, lo reventó, doblegó la chapa, que era muy fina, y estropeó la cerradura. Simuló que tenía una gran fuerza, pero en realidad la chapa no era, ni mucho menos, una puerta de hierro y, además, se cargó la cerradura. Todavía no lo han arreglado. Esto significa que cuando el cartero deja las cartas ahí dentro, todas caen al suelo, en un sitio donde hay piedrecitas. Normalmente, no pasa nada porque, como ya lo sabemos, el primero que llega a casa las recoge, sacude las piedrecitas y ya está.

El problema es el día que llueve. Ese día, si en casa no hay nadie, las cartas se mojan y el primero que las recoge se queda con las letras pegadas en la mano. Esto no es realmente así, claro, pero sí que es cierto que las letras se deshacen y es como si la carta llorase. Llega un momento en que ya no sabes qué ponía en el sobre, pero es fácil de adivinar, porque siempre pone nuestro nombre, excepto una vez que el cartero se equivocó y nos trajo una carta dirigida al vecino. El problema es que, si llueve mucho, el agua

entra incluso dentro del sobre y después sí que no sabes lo que pone la carta, con todas las letras por allí, desparramadas como si fueran ríos o como si fueran saltos de agua. Una cascada de letras que te deja las manos muy sucias.

Un día, mamá dijo que fuéramos al piso de abajo, donde están los juguetes, y que ella se encargaría de planchar las letras. «¿De plancharlas?», le dije. «Sí», dijo ella, «así se secarán más rápido». Lo cierto es que cogió la plancha y se humedeció el dedo y lo pasó por encima del trozo que quema y dijo que la plancha ya estaba a punto y después la deslizó por encima de las cartas abiertas y húmedas. Si hubiera escurrido las cartas, como si fueran un trapo de cocina, las letras habrían ido a parar al suelo y se habrían perdido. Con el invento de mamá, las letras se engancharon a la plancha. Ella la manejaba como si planchara una camisa, con mucho cuidado, y las letras se enganchaban como si fueran calcomanías.

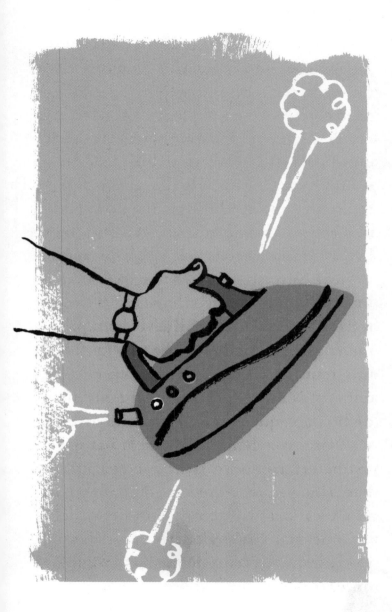

Después, cuando ya estaban secas, las desenganchó con un cuchillo, como si fuese un médico que te saca la púa de erizo que se te ha clavado en el pie. Las puso en una bandeja y le dijo a Narciso que las cuidara, que todavía estaban muy débiles. Narciso se lo creyó y las estiró en la cama de una de las muñecas y escogió unas cuantas, como hace con la sopa cuando quiere escribir su nombre. Pero solo encontró la ene y dos eses.

Hoy, Narciso también ha querido que mamá planchase más letras. Ha llovido toda la tarde y todavía llueve. Pero papá y mamá le han dicho que no, que teníamos una reunión muy importante en el comedor. Y nos han hecho sentar, y a mí me ha dicho papá que mamá estaba embarazada, y a Narciso le han dicho que la barriga de mamá era como un sitio donde había un hermano pequeño que era como un gusano y que estaba allí dentro porque, si no, se estropearía, y que, dentro de un tiempo, ya saldría. «¿La tripa de mamá es como una nevera?», ha dicho Narciso. «Más o menos», ha dicho papá. «Pero es una nevera donde no hace frío», ha dicho mamá. Narciso ha gritado y ha dicho que entonces era como la nevera de la abuela. «Sí, como la de la abuela», ha dicho papá.

# *Julio*

HOY, con Narciso, hemos aplaudido bajo el mar. Nos ha costado mucho, porque no es lo mismo que aplaudir en la playa, que entonces sí que haces ruido y te oyen y te dicen que pares, que molestas. Aplaudir bajo el agua tiene la ventaja de que no te oye nadie, puede que solo los peces. Pero esto debe de ser bueno, porque los peces no están acostumbrados a que les aplaudan y, si nos oyen, puede que lleguen a pensar que están en el circo y que han hecho un salto mortal, o alguna cosa parecida, como ocurre con esos peces que se llaman doncellas, y que son irisados y se visten como si fuesen unas equilibristas.

Aplaudir bajo el agua cuesta un poco. Es como si tuvieras delante un trozo enorme de mantequilla, como un ladrillo de mantequilla, y quisieras que las manos se tocasen atravesando el trozo de mantequilla. Es difícil, porque la mantequilla no es como el aire, que no pesa nada. Y con el agua del mar pasa como con la mantequilla, que también es difícil.

Hemos visto peces pequeños, de esos que no hay manera de pescar, aunque aplastes un par de erizos en el salabre. Piensas que los peces olerán la mantequilla color grana de los erizos y que enseguida vendrán a probarla y que tú los podrás atrapar. Pero no. Los peces pequeños, no las doncellas, sino los que son más pequeños todavía, nadan como si fuesen aquellas rayas de los aparatos que te miran cómo funciona el corazón, en las películas. Quiero decir: para aquí y para allá, sin pensarlo dos veces, todos de golpe, como si fuera un ballet. Y no hay forma de pescarlos.

Hemos dejado el salabre en una roca y le he dicho a Narciso que aplaudiéramos bajo el agua. Pero antes, Narciso me ha preguntado si las rocas olían y le he dicho que no. Las del mar, puede que un poco más porque tienen

algas enganchadas y también están llenas de sal. La sal está ahí desde siempre, y las rocas también, y esto hace que, en las rocas, puedas oler el mar. Pero con las otras, las otras rocas, no pasa nada de eso, no huelen a nada. «Solamente hueles a algo si estás vivo», le he dicho, y él me ha contestado que, entonces, el niño que está en la nevera tampoco huele a nada. He tenido que reconocer que no lo sabía, porque la verdad es que no sé si en la barriga hueles a algo o no. «¿Tú sabes que los

humanos están vivos?», ha dicho Narciso.
«Supongo que sí», le he dicho yo. «Claro que
están vivos, porque, si no, no te lo podría pre-
guntar». Se ha reído y después me ha dicho
que jugaría a ser una *i*. Estaba en lo alto de
la roca, y se ha puesto firme como el palo
de una bandera y ha levantado despacio los
brazos y los ha hecho pasar por encima de su
cabeza. Ha cruzado los dedos, como si prote-
giese una pelota, y ha dicho: «Esto es el punto».
Después ha dicho que haría de número uno,

y ha estirado los brazos hacia adelante y ha doblado las manos como si fuesen unos aviones que van hacia el suelo, con la palma de la mano hacia la roca. «Ahora soy un uno», ha dicho, y ha intentado zambullirse, pero todavía no sabe hacerlo muy bien. Solamente ha hecho chip chap en el agua. «Un uno que se ha mojado», ha dicho.

Cuando aplaudíamos bajo el agua, ha venido otro niño y nos ha dicho que asustábamos a los peces. Narciso le ha dicho al otro niño que se nota que no sabe de peces, que a ellos sí que les gusta que les aplaudas, porque así se creen importantes. Después, se ha levantado mucho viento, de la tierra hacia el mar, y a Narciso le ha entrado arena en los ojos. «Mataré al viento», ha dicho. Estaba muy enfadado y ha jugado a que tenía una espada y la utilizaba para matar al viento. Le he dicho que al viento no se le puede matar. Le he explicado que, según cómo sople, molesta, pero también hay molinos que aprovechan el viento y cosas de esas que te enseñan en la escuela, pero él no me ha querido escuchar. Me ha dicho que el viento no huele ni nada de eso y que, en el paseo, también matan a las nubes, ¿no? Después ha dicho que tenía una *ribieta*, que dice que es como un gusano que tienes en la barriga y que, cuando te enfadas, sale disparado por la boca. «Si pueden matar a las nubes, yo también puedo matar al viento con la espada». En el paseo hay una plaga de estorninos y, para ahuyentarlos, tiran cohetes que hacen ruido. No es que maten a las nubes, claro, pero Narciso cree que sí.

# *Agosto*

En la montaña, en todo lo alto, hay una tribu de indios que están esperando para atacarnos. De día se marchan, y vuelven al anochecer. Se están toda la noche en la cima, allí en lo alto, con los caballos a punto. Sobre todo ahora que hay luna llena. En realidad no son indios de verdad, pero Narciso se lo cree. Son abetos. El cielo es como una cartulina, y la luna, como unas tijeras, y nosotros jugamos a recortar indios que esperan en la montaña. Lo que pasa es que siempre están en el mismo sitio. Porque son árboles y no indios, y no se mueven. No bajan de las montañas hacia el pueblo y tampoco se van. Es como si fueran los indios que Narciso tiene en casa, alineados en fila, a punto de atacar

49

a un barco pirata. Narciso es así: quiero decir que a veces coge todos los muñecos que van a caballo y los junta, y tanto le da que sean indios, caballeros o legionarios romanos. Como todos montan a caballo, resulta que todos son colegas del mismo equipo. Un equipo que se dedica a atacar el barco pirata. En el barco pirata no solo hay piratas, sino que también se embarcan indios, legionarios romanos y caballeros sin caballo. Lo divertido, claro, es que ninguno tiene a mano un caballo, todos van a pie. Y después monta la batalla entre los que van a caballo y los que van a pie, y yo le digo que eso no puede ser, porque todo el mundo sabe que a los caballos les cuesta mucho nadar y que, si nadan, llegarán al barco muy cansados. También le digo que los barcos no pueden navegar justo en medio del prado, que es, por supuesto, donde los caballos están más cómodos y pueden correr más. Pero en su habitación no hay mares ni prados de verdad, y él hace como que la batalla es entre los del barco y los que van a caballo.

Un día se murió Julio César, que era el presidente de los que van a caballo, y yo le dije que cuando se muere Julio César los demás deben rendirse porque ya no tienen presidente. Narciso me dijo que no, que ahora tenían que hacer lo de la acera, «pito, pito, colorito», lo de la acera verdadera, «pim, pam, fuera». Y que, de esta manera, tenían que escoger a otro presidente, y así la batalla podía continuar. Cuando se cansa, todos los indios, los que van a caballo y los que caminan, se quedan allí, en medio del prado o del mar, en fila india, como los indios de la montaña, los que son abetos. Monta muchas batallas como estas y siempre dice que le gustaría ser el caballero «de los caballos rizados», pero en realidad quiere decir «de los cabellos rizados» porque se trata de un caballero con rizos y no de un caballo con la crin de trenzas. Resulta que Narciso pronuncia el mismo sonido cuando habla de caballos y de cabellos y, a veces, es difícil entenderle cuando dice que un amigo suyo tiene caballos de color negro o cuando a su amiga le ha crecido

mucho el caballo. Cuando se acaban las peleas, los junta a todos en círculo y les da de comer. Abandonan la batalla y se toman la sopa de fideos que un mago acaba de cocinar en una olla que tiene una luz azul.

Hemos ido a visitar a la abuela Teresa. Estos días, cuando no estábamos en casa, ha cuidado de ella una señora que le ha preparado las pastillas y ha ayudado a la abuela a vestirse y a cocinar. La abuela ha dicho que nos echaba de menos y que ya era hora de volver a vernos, con tanto ajetreo de vacaciones. Le hemos contado lo de los árboles y los indios, y ella ha dicho que, cuando era una niña, vivió en una guerra de las de verdad, y que tenía una muñeca que no era de madera ni nada por el estilo, ni de porcelana, o algo así. Nos ha dicho que era de ese material con el que se hacen las películas, como de plástico, pero más duro. «¿Cómo se llama eso que la abuela no sabe cómo se llama?», ha preguntado Narciso. Mamá ha dicho que celuloide, que es una palabra que yo no había oído jamás. La abuela ha dicho que sí, que esa era la palabra, y que la muñeca se rompió una pierna. Nos ha hablado del médico que curó a la muñeca, y de cómo la enyesó con yeso de verdad, y resulta que después la visitó, como si fuera una enferma de verdad, unos cuantos días, para ver si seguía bien. Era un médico de verdad en una guerra de verdad, no como las guerras de Narciso, en las que todos acaban cenando fideos en un círculo.

# Septiembre

Estoy en casa de unos amigos de mis padres. Dicen que se llama la Olivera o el Olivar, ahora no lo recuerdo, pero no hay ningún olivo cerca. Ni uno. Puede que hace tiempo hubiera alguno, y entonces resulta que les dio por llamarla así, pero ahora no se les ocurriría de ninguna manera. Ahora, quizás la casa y el terreno tendrían un nombre como el Cerezal o el Ciruelar, porque por aquí hay cerezos y ciruelos, eso sí. Pero bueno, como todos la conocen por la Olivera, pues ya no hace falta darle más vueltas. Las casas rurales tienen un nombre que alguien se inventó un día para poder distinguir su casa de las otras. Desde entonces, la llaman así y nadie se atreve a cambiarlo. En esta época no hay ni ciruelas ni cerezas porque no es temporada. Es una suerte, si tenemos en cuenta que, de haber cerezas, Narciso ya estaría en el hospital. Con lo que le gustan, se habría atiborrado y ahora tendría terribles dolores de barriga.

Aprovechamos el día para celebrar mi cumpleaños, que es el día de las vírgenes perdidas, las vírgenes que los payeses de hace tiempo encontraban bajo un olivo o al lado de un cerezo, o cuando se adentraban en el bosque. Nadie sabía cómo llegaron allí esas estatuas, ni nada de eso. Tal vez alguien que iba con un carro las perdió hace muchos años, y después quedaron enterradas por las malas hierbas, las piedras y el musgo. Un día cualquiera, los payeses tropezaban con ellas y después las llevaban a una ermita y las limpiaban y las ponían en un altar. Dejaban de ser vírgenes perdidas porque ya las habían encontrado. Los amigos de mis padres quieren enseñarnos el camino de Sant Valentí. Dicen que, desde lo alto, se ve todo el valle y un volcán que no escupe fuego ni nada parecido. Narciso, cuando oye lo del volcán, ya se

imagina corriendo delante de la lava y huyendo con el barco, como aquel polizón, pero a la mitad del camino se cansa y tenemos que volver a casa. Parece ser que arriba no hay ermita ni nada de eso, solo una piedra que te anuncia que ya estás en Sant Valentí. Caminamos por una parte del bosque con muchas sombras y con mucho barro. En un claro, los amigos de mis padres abren la nevera de plástico que llevan con ellos y nos tomamos un zumo y unas magdalenas. Narciso encuentra un tronco que es más alto que él y dice que será un remo para el barco. Volvemos a la Olivera porque ya está refrescando. En el suelo hay muchas hojas, como un colchón de hojas, y debemos ir con cuidado de no patinar.

Me regalan un juego de preguntas y respuestas, con un reloj de arena. Te hacen la pregunta y tú tienes que contestar y no tienes mucho tiempo, solo el tiempo que tarda la arena en correr hacia la parte de abajo. Vuelcas el reloj, y la parte que antes estaba abajo ahora está arriba y la arena vuelve

a correr: es el tiempo de que dispones para contestar la pregunta. Pero de vez en cuando hay granos de arena que se quedan enganchados en la pared del reloj. ¿Qué significa eso? ¿Que no ha pasado todo el tiempo que tenía que correr hacia abajo? ¿Que algunos granos de arena ya no cuentan? Y todavía tengo más preguntas: ¿Cuáles son los granos de arena que caen primero? ¿Los de los lados? ¿Los que están en medio del reloj? ¿Se dan empujones para ser el grano de arena que cae primero? ¿Y adónde va a parar el tiempo de los granos que no han caído?

Antes de darme aquel golpe en la cabeza, no me hacía estas preguntas. Fue un importante golpe en la cabeza. Me llevaron al hospital e incluso tuvieron que darme puntos. Yo pensaba que por la brecha que me hice, que no fue nada, se me escapaban las ideas; era como la hendidura que hay en los buzones para poder echar las cartas. Como si estuviera montada en un tren y, en cada estación, yo viera bajar a los demás, todos atareados con las maletas, mientras que yo me quedaba en mi vagón, cada vez más sola. En las estaciones no subía nadie, solo había pasajeros que bajaban del tren. Así eran mis ideas: se iban y las nuevas no llegaban. Después, ya se me pasó. No es lo mismo que le ocurre a la abuela Teresa, que ella sí que va en un tren vacío, apenas con el maquinista.

La abuela ha llamado a papá. Dice que ha perdido el broche y también las medias y las fotos, y que no encuentra nada, y que tal vez alguien ha entrado en su casa y lo ha robado todo. Papá le dice que no se preocupe, que irá enseguida y que seguro que lo encuentran.

63

# Octubre

Mamá dice que tendremos que escoger un nombre para el bebé. Ahora ya sabemos que será una niña, y a mí me gusta Afra. No sé muy bien por qué, tal vez por el sonido, porque cuando dices Afra se te escapa el aire por un agujero que hay entre los dientes y los labios, o tal vez porque Narciso seguro que la llamará Áfara. Mamá dice que lo pensaremos y que todavía hay tiempo, pero esto debe de significar que no les gusta, que prefieren Berta o María o un nombre de estos que conoce todo el mundo, y no Afra, que nadie sabe de dónde viene; tal vez precisamente por eso a mí me gusta.

Hoy es el santo de Narciso. Le han regalado una caja de pinturas, pero todavía no la ha estrenado porque primero quería ir a la feria de la Devesa, un parque con plátanos que, vistos de lejos, parecen escobas de brezo giradas del revés. Después, en primavera, los árboles parecen un sofá donde puedes acostarte y dormir la siesta. Ahora, todo está lleno de hojas muertas que han caído de los árboles. Puedes coger unas cuantas y trocearlas con las manos: es un ruido que te produce escalofríos, como si el frío acabara de entrar en el jersey sin pedir permiso, aunque el jersey sea de lana. En la feria hay muchas atracciones, como esa que tiene un circuito y te sientas en una vagoneta y, cuando llegas a la curva, parece que vayas a salir disparada. También da escalofríos, pero de una manera muy distinta, sin que te crujan los dientes. Por suerte, antes de arrancar, te atan a la vagoneta y no sales disparada ni nada de eso. Al contrario, todos se ríen. Es como si el corazón se te subiera a la garganta y te hiciera cosquillas.

Con Narciso vamos a una caseta de peces de colores. Hay peces de todo tipo, centenares de peces, cada uno en una pecera. Tienes que

tirar una pelota de ping-pong y tienes que intentar que entre en la pecera. El año pasado, mamá acertó y, desde entonces, en casa tenemos un pez de los de la caseta. Vive en la pecera que ganamos en la feria y Narciso, un año después, todavía no lo ha bautizado, pero ahora dice que tendremos que prepararle una fiesta de aniversario y que le llamará Cleciano, porque papá le ha explicado la historia de un romano que era el emperador Diocleciano, que también tenía peces en su casa. Narciso cree que Diocleciano se llamaba Cleciano y no como era en verdad, Diocleciano, y por eso quiere que el pez se llame también así. Acertar con la pelota es más difícil de lo que parece, y este año no hemos pescado ningún emperador romano ni nada de eso. Cleciano tendrá que celebrar la fiesta él solo. Hace tiempo que ha ido perdiendo el color que tenía, que era como el del crepúsculo de estos días de otoño. Ahora incluso parece un poco transparente, y creo que, si te fijaras con detalle, quizá podrías ver qué hay al otro lado del cuerpo del pez, como si el pez fuera una ventana con los porticones abiertos de par en par.

Hemos ido a casa de la abuela, y mamá le ha dicho que tenía que vestirse para ir a pasear. Primero ha dicho que no, que no le apetecía, pero después mamá ha mirado en el armario y ha encontrado una falda jaspeada, con muchos puntitos blancos y negros y una blusa blanca. Hemos ayudado a la abuela a vestirse y ella misma se ha pintado colorete en las mejillas y se ha colocado con cola los dientes de mentira y ha pedido a papá que le pusiera laca en la cabeza para que los cabellos no se le despeinaran. No sabía si tenía que salir con un abrigo de cheviot que mamá le ha dicho que le hacía conjunto con la falda, o con un abrigo de pieles de mentira. Lo que era de mentira eran las pieles, y no el abrigo, que es el que ha escogido al final, con un pañuelo en el cuello.

«¿Dónde debe andar el bolso de charol?», ha dicho la abuela. Papá ha intentado abrir la nevera, pero no ha podido. No le ha dicho nada a la abuela, para que no se preocupara, pero seguro que ha pensado que, tarde o temprano, el vientre del elefante iba a cerrarse sin remedio. Después, ha mirado en los cajones y ha encontrado el bolso, brillante, de color negro, con unas asas metálicas. «¿Lo ves?», ha dicho papá. «Al final, todo acaba por encontrarse»; pero no ha dado con el broche ni todo lo demás, todo eso que la abuela dice siempre que ha perdido.

Narciso ha dicho que en casa, con la caja de pinturas por estrenar, pintará una vagoneta como la de los escalofríos.

# Noviembre

HE pasado la tarde en casa de la abuela. Hemos terminado las clases temprano, antes de la hora, y, como hoy no tenía inglés, he pensado que podía hacerle una visita. He llamado al timbre y he esperado un buen rato, porque la abuela camina muy lentamente. Cuando ha llegado a la puerta, ha espiado a través de la mirilla y ha preguntado quién era. Le he dicho que era yo y no me ha querido abrir enseguida: me ha pedido que cantara una canción. Me ha dicho que sin canción no podía abrirme, y el problema es que yo no recordaba ninguna en ese momento y luego he pensado en la que papá le canta a menudo y le he dicho: «¿Cómo suena esa canción de papá?». La abuela ha canturreado y después yo he seguido más o menos con el ritmo, y se ve que he superado la prueba de la contraseña, porque ha dicho: «Ahora te abro». Pero tampoco ha abierto enseguida. La llave va un poco dura en la cerradura, y a la abuela le ha costado un montón. «No te preocupes, guapa», me ha dicho. «Se gira hacia la izquierda, ¿no?». Le he dicho que no, que se abre al revés, girando la llave hacia la Virgen que siempre tiene la luz encendida. Al final he podido entrar, y es cierto que la Virgen tenía la luz encendida, como siempre.

Hemos estado viendo la tele. La abuela se pasa mucho tiempo ante el televisor. Se sienta en el sofá, que tapizaron hace poco, y se traga el programa que sea. Han puesto uno donde salía una modelo con un cinturón muy ancho, de color marrón, con agujeros por todas partes. La abuela ha dicho que la modelo le recordaba a su madre. Cuando era joven, la madre de la abuela, que se llamaba Dolores, había trabajado de criada en una casa de ricos, cuidando a los hijos de la familia. Uno de ellos le preguntó si quería casarse con él, pero parece que mi bisabuela dijo que no porque

no sabía leer y tenía miedo de que el rico se diera cuenta y se burlase de ella. Cuando acabó el trabajo, después del verano, volvió a casa de sus padres con un cinturón igual que el de la modelo. «Estaba muy guapa», me ha dicho la abuela. «Todos se enamoraban de ella». Dolores no supo escribir ni leer en toda su vida y, para firmar, tenía que mojar el dedo en un frasco de tinta. Si Narciso la hubiera conocido, le habría podido enseñar a hacer garabatos. Al menos con un garabato habría podido escribir su nombre, aunque se hubiera tratado de algo así como un dibujo, y, quién sabe, tal vez incluso se podría haber casado con el rico ese de la casa de los ricos.

La abuela me ha contado todo esto y también hemos merendado. Me ha dicho que tomara unas galletas azucaradas que estaban en la despensa, pero no las he encontrado. «¿Y las magdalenas?» Tampoco he sabido encontrar las magdalenas. He pensado que las galletas y las magdalenas tal vez se estaban enmoheciendo en el vientre del elefante blanco, y después, en casa, he recordado a papá que tenía que ir a abrir la nevera, «que la abuela debe guardar ahí muchas cosas, ni ella sabe cuántas», le he dicho, pero no me ha hecho caso y me ha dicho que abrirla sería un señor follón y que si reventara la puerta de la nevera, la abuela todavía se pondría más nerviosa. Hemos comido unas tostadas y un poco de mermelada que había en la nevera, en la otra nevera, la que funciona de verdad. Narciso un día colgó en esa nevera unos caballos que habíamos recortado de una revista, y ahora está llena de caballos. Y la abuela no acierta a saber qué demonios están haciendo ahí en la nevera.

Papá dice que no debe de haber nada importante en la nevera cerrada, pero vete a saber, porque papá piensa que no hay cosas importantes y tal vez la abuela piensa que sí, que las cosas importantes son las que ha perdido, las que no hay manera de encontrar, como el broche, y no las que dice papá. Hace tiempo que no pregunta por las joyas, pero a mí me ha dicho que no encontraba la foto de su madre con aquel cinturón. Seguro que está dentro de la caja metálica, y seguro que la caja, con las otras cajas de galletas azucaradas y con las magdalenas, todo revuelto, está en el vientre del elefante.

Le he contado a la abuela que he soñado que, en lugar de caer gotas del cielo, un día llovían abuelas, que cada gota era como una abuela en miniatura, y que después las recogías en un barreño y las llevabas al congelador que tenemos en el garaje. Cuando las necesitabas, las sacabas del congelador y las metías en el microondas y después, descongeladas, las tenías a mano para que te explicaran historias antiguas y para que Narciso pudiera dibujarlas.

# Diciembre

La abuela Teresa es como uno de esos granos de arena que se pegan a las paredes del reloj y que no quieren caer al otro lado. Los granos de arena no saben que no quieren caer: se pegan a la pared y punto. Puedes llegar a pensar que están hartos de que los niños vuelquen el reloj y los mareen de tanto hacerlos rodar de una a otra parte, pero los granos que se pegan a la pared son pequeños y no piensan en nada de todo eso. Lo que pasa es que no caen y ya está. Son trozos de tiempo que no se juntan con los otros compañeros de arena que corren hacia abajo, hacia la gran montaña del tiempo de arena. A la abuela le pasa lo mismo, que todos los demás granos van hacia abajo, y ella es como los que se pegan a las paredes del reloj y buscan fotos que no encuentran y magdalenas que no encuentran y joyas y joyeros que no encuentran, como aquel de la chica japonesa con unas flores de color blanco.

Hemos vuelto a la casa de los amigos de mis padres, a la Olivera. Hemos ido a buscar musgo para el belén. Hemos caminado un poco por el bosque, hacia Sant Valentí, pero esta vez tampoco hemos subido hasta lo alto. Mamá no ha podido seguir el camino. Ha dicho que quería descansar un rato en el sofá, cerca del hogar, acurrucada ante el fuego. Nosotros nos hemos quedado en un margen, al lado de una mata de brusco con sus frutos rojos. Hemos tenido que parar a Narciso, que ya se los estaba comiendo, y papá le ha dicho que mejor agarrase un tronco y así podría simular que se trataba de un remo o de una lanza. Narciso ha cogido un tronco muy húmedo y carcomido y se ha embadurnado las manos con la corteza que se iba deshaciendo. También se ha ensuciado los zapatos. Papá ha visto un pan de musgo en una ladera, más allá del riachuelo. Ha corrido hacia el musgo como si se hubiera bebido una botella entera de champán, gritando y diciendo que estaba en la selva y que le perseguían los elefantes. Narciso ha imitado a papá, y los dos han cruzado el riachuelo y han llegado hasta el musgo y han tenido que andar con tiento para no tocar el cableado eléctrico que está para que las vacas no se escapen, y después, con el musgo en las manos, han gritado los dos como si acabaran de llegar a África. Cantaban canciones y Narciso decía: «*Bereben* y *bereben* y vuelven a *bereber*», pero quería decir que beben, y se refería a los peces en el río, claro. Y también ha dicho «el *vintisinco* de diciembre», pero quería decir el veinticinco.

En la Olivera, mamá estaba medio dormida, con un libro abierto sobre el pecho. Narciso le ha hecho cosquillas en la oreja y mamá se ha desperezado. Se ha fijado en los zapatos de Narciso y le ha preguntado dónde demonios se había metido, y me ha pedido que se los desatara, y ha dicho que ya no se podían aprovechar, que los tendríamos que tirar, que estaban agujereados en la punta y llenos de barro. Pero Narciso ha dicho que antes tendríamos que hacer un *humenaje* a los zapatos, que no se podían tirar de cualquier manera, que nos tocaba limpiarlos y dejarlos a secar y que, después, montaríamos una fiesta en su honor. He pensado que podrían ir a parar a la nevera de la abuela, junto a las magdalenas enmohecidas.

Narciso ha sacado a los muñequitos de la bolsa donde los lleva de un lado para otro, y me ha dicho que quería jugar a piratas, para que desembarcaran en un puerto y luego echaran a correr para no ser pillados por el volcán. «No tenemos puerto», le he dicho, pero él ha preguntado a papá si podía acercarnos tres o cuatro libros de los que había en la estantería de un mueble de la casa. «Los de color verde», ha dicho. El amigo de papá ha dicho que sí, que no había problema, y Narciso los ha puesto uno encima del otro, alineados de tal manera que ha construido una especie de castillo, con unas escaleras por donde podían subir los piratas que bajaban del barco. «Esto es el puerto», ha dicho. «Ahora falta el barco», he dicho yo. Narciso ha cogido

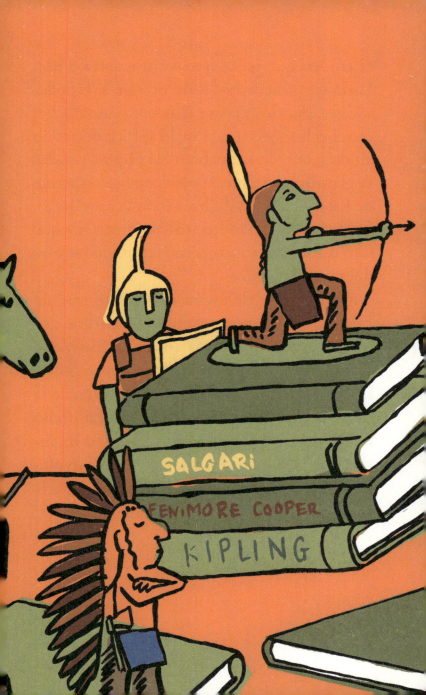

el tronco que tenía que ser un remo o una lanza y me ha dicho: «Con un *chuchillo* podemos acabar de *gujerear* el tronco». Así lo hemos hecho, y el tronco vacío se ha convertido en un barco donde cabían los piratas y todas sus familias. «También pondremos los *cabellos* de los piratas», ha dicho. «Toda la cabellera», he dicho yo, y con los trozos de corteza que han caído del tronco hemos imitado las olas del mar.

Con el reloj de arena habríamos podido calcular el tiempo que tenían los piratas antes de que el volcán los atrapara. El volcán era un bote transparente, lleno de un polvillo de pimienta, que estaba en la cocina de la Olivera. Era de color rojo. Mamá ha dicho que era muy picante. Mamá también ha dicho que la barriga estaba a punto de explotarle. Era Afra, que ya no cabía allí dentro.

# *Enero*

PRIMERO nació Afra y, después, la abuela Teresa se rompió una pierna y la ingresamos al principio en un hospital y, después, en una residencia, para que se recuperase, mientras mamá, en casa, cuidaba de Afra, que durante todo el mes no ha parado de llorar. Ahora, incluso me parece que el nombre le gusta de veras, porque habla de ella como Afrita. Tal vez acabe convirtiéndose en Frita, que no me gustará tanto, y Narciso pensará que se trata de una patata frita o algo por el estilo. Le dijimos a la abuela que la niña se llamaba Afra, pero no se dio cuenta. Después, con la silla de ruedas, fuimos a la sala de visitas de la residencia y estuvimos un rato jugando a tirarnos una pelota de goma. No pensaba que la abuela pudiera jugar con nosotros, porque parecía muy dormida, pero al final, no sé cómo, siempre era capaz de atrapar la pelota, excepto cuando Narciso la tiraba tan alta que era del todo imposible llegar a ella.

Han pasado muchas cosas, como por ejemplo que papá decidió reventar la puerta de la nevera del recibidor de la abuela. Dijo: «Tendré que destrozarla», y cogió una barra de hierro e hizo palanca y la puerta se abrió. Del vientre del elefante salieron las magdalenas, las galletas y también una bolsa de patatas fritas, y unas bragas de la abuela, y el joyero japonés con el broche, y la caja metálica con las fotos, las de la boda de la abuela y las del cinturón de Dolores, y todavía más fotos, con el abuelo, por ejemplo, un día que viajaron los dos a Londres. Pensé que si la nevera fuera de verdad e hiciera un frío de esos que no puedes estar dentro si no eres una lechuga, yo iría a buscar mi anorak de plumas y me lo pondría y entraría dentro de la nevera y recogería, en una bolsa, el árbol que da caracoles y las letras que se planchan y los peces que escuchan los aplausos y el pastel de

nata que la abuela llevaba en la cabeza y los indios de la montaña, y todo eso, y también los caballos recortados de Narciso y el reloj de arena, con los granos de arena que se pegan a las paredes, e incluso la vagoneta en la que parece que vayas a salir disparada y el vagón de tren de donde se escapan todas las ideas.

Han pasado muchas cosas, como que Afra nació el día de Reyes y Narciso pensó que eran ellos quienes la habían traído a casa, como un regalo. Dijo que si los Reyes Magos tenían que regalarnos cada año una Afra, al final no cabríamos todos «con tantas *Áfadas*», y que tendríamos que alquilar un castillo solamente para las Afras, «un Afadacastillo», dijo él. Abrimos los regalos rápidamente, cuando acababa de amanecer, y papá dijo que teníamos que darnos prisa porque mamá había recibido el primer aviso de la niña y que tal vez tendríamos que correr hacia el hospital. Era como si Afra llamara a la puerta o como si quisiera salir de la nevera de la barriga de mamá, donde no hace frío ni nada de eso, pero quienes llamaron fueron los amigos

de mis padres, los de la Olivera, que venían a cuidarnos, a mí y a Narciso, mientras papá y mamá estaban en el hospital para que abrieran la puerta a Afra. Nos prepararon chocolate a la taza y rebañamos magdalenas en el chocolate, pero no las enmohecidas en la barriga del elefante, sino unas que eran buenas de veras, esponjosas, envueltas en un plástico. Narciso quiso jugar con un *púsel*, pero resulta que los Reyes se habían equivocado y el puzle tenía demasiadas piezas y Narciso se cansó muy rápido y después ya llamaron del hospital y papá dijo: «¿Oís cómo llora la pequeña Afra?». Dijo Afra, y de veras que lloraba un montón. Ha estado llorando todo el mes, como si fuera una de esas lámparas de casa de la abuela, que parece que lloran todo el día sin parar.

Han pasado muchas cosas. Hoy, por ejemplo, Narciso ha dicho: «Hoy es mañana». Quería decir que ya había llegado el día de mañana y que el día que fue ayer ya era hoy el día de hoy. Hemos ido con Afra a ver a la abuela Teresa. Afra iba muy abrigada, para no resfriarse. En la residencia hemos vuelto a jugar a la pelota y también hemos enseñado a la abuela las fotos que no había manera de encontrar. La abuela Teresa ha querido ponerse el broche, aunque no iba arreglada para nada: llevaba un chándal de color azul. Las enfermeras le han traído la cena. Antes de irnos, la abuela me ha enseñado el pájaro de color oscuro que llevaba en el pecho y me ha dicho: «¿Te gusta, Gertrudis, Tudis, guapa? ¿Te gusta?».

## TE CUENTO QUE JOSEP M. FONALLERAS...

*... tiene cuatro hijos, a los que acostumbraba a contar historias cuando eran pequeños, antes de irse a la cama. De allí nacieron muchos de sus relatos. De ahí y de la observación de las cosas que pasan a su alrededor en una pequeña ciudad, una ciudad con cuatro ríos. Josep está además muy atento a todo lo que le ocurre; luego lo mete todo en una batidora y lo convierte en una riquísima mezcla para sus lectores. Le encanta trabajar de noche, que es cuando está todo más tranquilo y se le ocurren las mejores historias.*

**Josep M. Fonalleras** nació en Girona en 1959. Ha escrito relatos y novelas para niños, jóvenes y adultos. Colabora también en distintos medios de comunicación: prensa (*El Periódico*, *Sport* y *El Punt*), radio y televisión. Su obra ha sido reconocida con diferentes premios, como El Vaixell de Vapor en 2007.

SI TE HA GUSTADO LA HISTORIA DE GERTRUDIS, SU FAMILIA Y SU DÍA A DÍA, TE ENCANTARÁN LOS LIBROS DE **MINI,** una chica alta y delgaducha para la que la vida cotidiana es toda una aventura.

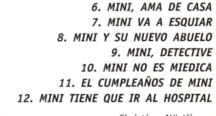

*Christine Nöstlinger*
*EL BARCO DE VAPOR, SERIE AZUL*